pour

un

j'aime ...
allemand ...
souvenir européen !
Paris — avant — Noël
2018
merci d'être
venue

R. Dessberg

Lettres à un jeune poète

Rainer Maria Rilke

Lettres
à un jeune poète

Traduites par Claude Porcell

et autres lettres de poètes

Cher Monsieur,

Votre lettre ne m'est parvenue qu'il y a quelques jours. Je tiens à vous remercier de la grande, de l'aimable confiance qu'elle manifeste. Je ne peux guère faire davantage. Je ne peux entrer dans une discussion sur la manière de vos vers ; toute intention critique est en effet trop éloignée de moi. Rien n'est moins capable d'atteindre une œuvre de l'art que des propos critiques : il n'en résulte jamais que des malentendus plus ou moins heureux. Les choses, quelles qu'elles soient, sont moins saisissables et moins dicibles qu'on ne voudrait la plupart du temps nous le faire croire ; la plupart des événements sont indicibles, ils s'accomplissent dans un espace où jamais un mot n'a pénétré, et les plus indicibles de tous sont les œuvres de l'art, existences mystérieuses dont la vie, à côté de la nôtre, qui passe, est inscrite dans la durée.

Après cette remarque liminaire, il ne m'est permis d'ajouter que ceci : vos vers n'ont pas de manière propre, mais recèlent assurément, discrets et dissimulés, les débuts de quelque chose de personnel. C'est dans le dernier poème, « Mon âme », que je ressens cela le plus distinctement. Là, quelque chose qui vous est propre cherche à trouver ses mots et sa musique. Et dans le beau poème « À Leopardi », on voit peut-être s'élever une sorte de parenté avec ce grand solitaire. Malgré cela, ces poèmes ne sont encore rien en soi, rien d'autonome, pas même le dernier, ni le poème à Leopardi.

La lettre pleine de bonté dont vous les avez accompagnés ne manque pas de m'expliquer plus d'un défaut que j'avais senti à la lecture de vos vers, sans pouvoir cependant l'appeler par son nom.

Vous demandez si vos vers sont bons. Vous me le demandez, à moi. Vous l'avez auparavant demandé à d'autres. Vous les envoyez à des revues. Vous les comparez à d'autres poèmes, et vous êtes agité quand certaines rédactions refusent vos tentatives. Eh bien — puisque vous m'avez autorisé à vous donner des conseils — je vous prie de laisser tout cela. Vous regardez vers l'extérieur, et c'est justement cela, plus que tout au monde, qu'il vous faudrait éviter en ce moment. Personne ne peut vous conseiller ni vous aider, personne. Il n'y a qu'un moyen, un seul. Rentrez en vous-même. Explorez le fond qui vous enjoint d'écrire ; vérifiez s'il étend ses racines jusqu'à l'endroit le plus profond de votre cœur, répondez franchement à la question de savoir si, dans le cas où il vous serait refusé d'écrire, il vous faudrait mourir. C'est cela avant tout : demandez-vous à l'heure la plus silencieuse de votre nuit : suis-je *contraint* d'écrire ? Creusez en vous-même jusqu'à trouver une réponse profonde. Et si elle devait être positive, s'il vous est permis de faire face à cette question sérieuse par un simple et fort « *J'y suis contraint* », alors, construisez votre vie en fonction de cette nécessité ; votre vie doit être, jusqu'en son heure la plus indifférente et la plus infime, signe et témoignage de cet irrépressible besoin. Puis approchez-vous de la nature. Puis tentez, comme si vous étiez le premier homme, de dire ce que vous voyez, ce que vous vivez, ce que vous aimez et ce que vous perdez. N'écrivez pas de poèmes d'amour ; fuyez pour commencer les formes qui sont trop courantes, trop ordinaires : ce sont les plus difficiles, car il faut une grande force, parvenue à maturité, pour donner quelque chose qui vous soit propre là où sont installées en foule de bonnes et parfois brillantes traditions. Aussi, réfugiez-vous, loin des motifs généraux, auprès de ceux que vous offre votre propre quotidien ; peignez vos tristesses et vos désirs, les pensées fugitives et la foi en quelque beauté — peignez tout cela avec une ardente, silencieuse, humble sincérité, et servez-vous, pour vous exprimer, des choses qui vous entourent, des images de vos rêves et des objets de votre souvenir. Si votre quotidien vous paraît pauvre, ne l'accusez pas ; accusez-vous vous-même, dites-vous que vous n'êtes pas assez poète pour en évoquer les richesses ; car pour celui qui crée, il n'y a pas de pauvreté, ni de lieu pauvre, indifférent. Et quand vous seriez vous-même dans une prison dont les murs ne laisseraient parvenir jusqu'à vos sens aucun des bruits du monde, — n'auriez-vous pas encore votre enfance, cette richesse précieuse, royale, cette chambre forte des souvenirs ? C'est vers elle qu'il vous faut tourner votre attention. Essayez de faire remonter les sensations enfouies de ce vaste passé ; votre personnalité s'affermira, votre solitude s'agrandira pour devenir une demeure plongée dans la pénombre, d'où l'on entend passer au loin le bruit que font les autres. — Et si ce mouvement vers l'intérieur, cette plongée dans votre propre monde donne naissance à des *vers*, alors vous ne songerez pas à demander à qui que ce soit si ce sont de bons *vers*. Vous ne tenterez pas non plus d'intéresser des revues à ces travaux — car vous verrez en eux une propriété naturelle et qui vous est chère, une part et une voix de votre vie. Une œuvre d'art est bonne quand elle est issue de la nécessité. Elle est jugée par la nature de son origine, et par rien d'autre. Aussi ne saurais-je, très cher Monsieur, vous donner d'autre conseil que celui-ci : rentrer en soi-même et sonder les profondeurs d'où jaillit votre vie ; c'est à sa source que vous trouverez la réponse à la question de savoir si vous êtes *contraint* de créer. Prenez-la telle qu'elle est, sans arguties. Peut-être s'avérera-t-il que vous êtes appelé à être artiste. Alors, acceptez-en le destin et portez-le, portez son fardeau et sa grandeur sans jamais demander aucun salaire qui puisse venir de l'extérieur. Car celui qui crée doit être pour lui-même tout un monde, et trouver toute chose en lui-même et dans la nature à laquelle il s'est lié.

Mais peut-être devrez-vous aussi, après cette descente en vous-même et dans votre solitude, renoncer à devenir poète (il suffit, je l'ai dit, de sentir que l'on pourrait vivre sans écrire pour n'en avoir tout simplement pas le droit). Même alors, cependant, l'introspection à laquelle je vous invite n'aura pas été inutile. C'est à partir de là que, dans un cas comme dans l'autre, votre vie trouvera ses propres chemins, et je vous souhaite plus que je ne saurais le dire que ces chemins soient vastes, riches et bons.

Que puis-je vous dire encore ? Chaque point me semble avoir reçu l'accent qui lui revenait à bon droit ; et en fin de compte, je ne prétendais vous donner d'autre conseil que celui de vous développer en suivant, dans le calme et le sérieux, votre propre évolution ; vous ne sauriez la perturber plus violemment qu'en regardant vers l'extérieur et en attendant de l'extérieur une réponse à des questions auxquelles seul votre sentiment le plus intime, à son heure la plus recueillie, est peut-être capable d'en donner une.

Ce fut une joie pour moi que de trouver dans votre lettre le nom du professeur Horacek ; je conserve pour cet aimable savant une grande révérence, et une gratitude que les années n'ont pas démentie. Voulez-vous, je vous prie, lui faire part de ces sentiments ; il a la grande bonté de se souvenir encore de moi, et j'en ressens tout le prix.

Je vous renvoie ici même les vers que vous m'avez amicalement confiés. Et je vous remercie encore pour l'ampleur et la cordialité de cette confiance, dont j'ai tenté, par la sincérité de cette réponse où j'ai mis tout ce que je peux savoir, de me rendre un peu plus digne que ne peut l'être réellement l'étranger que je suis pour vous.

Avec tout mon dévouement et toute ma sympathie,

Rainer Maria Rilke.

Viareggio, près Pise (Italie), le 5 avril 1903

Il faut que vous me pardonniez, très cher Monsieur, de ne rendre qu'aujourd'hui l'hommage de ma gratitude à votre lettre du 24 février : je n'ai pas cessé d'être souffrant, non pas vraiment malade, mais accablé par une fatigue qui ressemblait à celle de l'influenza et qui me rendait incapable de tout. Et pour finir, comme cela ne voulait décidément pas s'améliorer, je suis allé au bord de cette mer du Midi dont les bienfaits m'avaient une fois déjà tiré d'affaire. Mais je n'ai pas encore retrouvé la santé, il m'est pénible d'écrire, et il vous faudra donc accepter ces quelques lignes pour plus qu'elles ne sont.

Vous savez naturellement que chacune de vos lettres me fera toujours plaisir, il vous faut simplement avoir quelque indulgence pour la réponse, qui vous laissera peut-être souvent les mains vides ; car au fond, et justement dans les choses les plus profondes et les plus importantes, nous sommes abandonnés à une solitude sans nom, et pour que l'on puisse conseiller, et plus encore aider quelqu'un d'autre, bien des événements doivent se produire, bien des processus doivent réussir, toute une configuration de choses doit se réaliser pour qu'on ait le bonheur d'y parvenir.

Je ne voulais aujourd'hui vous dire que deux autres choses : Ironie : ne la laissez pas se rendre maîtresse de vous, surtout dans les moments sans création. Dans les moments de création, essayez de vous servir d'elle comme d'un moyen supplémentaire de saisir la vie. Purement utilisée, elle est pure, elle aussi, et elle ne doit pas vous faire honte ; et si vous la sentez trop familière, si vous craignez cette familiarité grandissante, tournez-vous vers des objets grands et sérieux, devant lesquels elle devient petite et impuissante. Recherchez la profondeur des choses: l'ironie n'y descend jamais, — et quand vous parvenez ainsi au bord de ce qui est grand, vérifiez en même temps si cette façon de voir procède d'une nécessité de votre être. Car sous l'influence de choses sérieuses, ou bien elle se détachera de vous (si elle n'est que quelque chose de contingent), ou bien (s'il est vrai qu'elle vous appartient comme quelque chose de réellement inné) elle gagnera en force pour devenir un outil sérieux, qui ira prendre sa place dans la série des moyens avec lesquels vous devrez donner forme à votre art.

Et la deuxième chose que je voulais vous dire aujourd'hui, la voici:

Parmi tous mes livres, seuls quelques-uns me sont indispensables, deux se trouvent même en permanence, où que je sois, au milieu des choses que je garde à portée de la main. Ils sont d'ailleurs ici, non loin de moi: la Bible, et les livres du grand poète danois *Jens Peter Jacobsen*. Il me vient à l'esprit que vous ne connaissez peut-être pas ses œuvres. Vous pouvez vous les procurer facilement, car certaines d'entre elles sont parues dans la Bibliothèque Universelle Reclam, dans une très bonne traduction. Procurez-vous de J. P. Jacobsen le petit volume *Six nouvelles* et son roman *Niels Lyhne*, et commencez, dans le premier petit volume, la première nouvelle qui s'appelle *Mogens*. Tout un monde descendra sur vous, le bonheur, la richesse, l'incompréhensible grandeur de tout un monde. Vivez un moment dans ces livres, apprenez d'eux ce qui vous semblera valoir d'être appris, mais surtout, aimez-les. Cet amour vous sera rendu des milliers et des milliers de fois, et quoi que puisse devenir votre vie, — cet amour, j'en suis sûr, traversera la trame de votre devenir comme l'un des fils essentiels parmi tous les fils de vos expériences, de vos déceptions et de vos joies.

S'il me faut dire qui m'a permis de savoir quelque chose sur la nature de la création, sa profondeur et son éternité, je ne peux citer que deux noms: celui de *Jacobsen*, ce grand, grand poète, et celui d'*Auguste Rodin*, le sculpteur qui n'a pas son égal parmi les artistes aujourd'hui vivants. –

Et puisse la réussite vous accompagner sur vos chemins !

Votre
Rainer Maria Rilke.

Viareggio près Pise (Italie), le 23 avril 1903

Votre lettre pascale, très cher Monsieur, m'a donné beaucoup de joie ; car elle disait à votre propos beaucoup de bonnes choses, et la manière dont vous y parliez de ce grand art, qui nous est cher, de Jacobsen, montre que je ne m'étais pas trompé en conduisant votre vie et les nombreuses questions qu'elle vous pose au bord de cette profusion.

Maintenant va s'ouvrir à vos yeux *Niels Lyhne*, livre de splendeurs et d'abîmes ; plus souvent on le lit — il semble tout renfermer, depuis la plus légère fragrance de la vie jusqu'à la saveur pleine et riche de ses fruits les plus lourds. Rien qui n'y ait été compris, saisi, éprouvé, reconnu enfin dans la résonance tremblante du souvenir ; rien de ce qui est vécu n'y est jugé trop infime, et le plus petit des événements s'y déploie comme un destin, et le destin lui-même est comme un vaste et merveilleux tissu où chaque fil, conduit par une main d'une infinie délicatesse, placé auprès d'un autre, est tenu et porté par cent autres fils. Vous allez éprouver le bonheur de lire ce livre pour la première fois, et vous irez à travers les innombrables surprises qu'il réserve comme dans un rêve nouveau. Mais je puis vous dire que plus tard encore, on traverse ces livres avec un étonnement toujours neuf, qu'ils ne perdent rien de leur pouvoir merveilleux et n'abandonnent rien de la féerie dont ils submergent celui qui les lit pour la première fois.

À les reprendre, on n'éprouve que toujours plus de volupté, toujours plus de gratitude, et l'on n'en devient d'une certaine façon que meilleur et plus simple dans le regard, plus profond dans la foi que l'on met en la vie, et dans la vie plus heureux et plus grand.

Plus tard, il faudra que vous lisiez le merveilleux livre qui parle du destin et des désirs de Marie Grubbe et les lettres, feuillets de journal et fragments de Jacobsen, et enfin ses vers qui (quoique la traduction n'en soit que médiocre) vivent d'une vibration infinie. (Je vous conseillerais d'acheter à l'occasion la belle édition des œuvres complètes de Jacobsen, qui contient tout cela. Elle a paru en trois volumes et dans une bonne traduction chez Eugen Diederichs, à Leipzig, et ne coûte, je crois, que cinq ou six marks le volume.)

Pour ce qui est de votre avis sur *Ici devraient être des roses...* (cette œuvre incomparable dans sa finesse et dans sa forme), vous avez bien sûr, à l'encontre de celui qui a fait l'introduction, irréfutablement, irréfutablement raison. Et laissez-moi tout de suite vous adresser cette prière: lisez aussi peu que possible de choses qui relèvent de la critique esthétique, — ce sont ou bien des vues partisanes, pétrifiées et vidées de tout sens par leur endurcissement sans vie, ou bien ce sont d'habiles jeux de mots par la grâce desquels c'est aujourd'hui cette vue-là qui triomphe, et demain la vue opposée. Les œuvres de l'art sont d'une solitude infinie, et rien ne permet moins de les atteindre que la critique. Seul l'amour parvient à les saisir, à les soutenir, et peut leur rendre justice. — Donnez toujours raison à *vous-même* et à votre sentiment, contre toute sorte de semblable discussion, commentaire ou introduction; s'il s'avérait que vous aviez tout de même tort, le développement naturel de votre vie intérieure vous conduirait lentement, avec le temps, à d'autres perceptions. Laissez à vos jugements, sans la perturber, la calme évolution qui leur est propre et qui, comme tout progrès, doit venir des profondeurs intérieures et n'être pressée ni accélérée par rien. *Tout* n'est que porter à terme, puis mettre au monde. Laisser chaque impression et chaque germe de sentiment parvenir à maturité au fond de soi, dans l'obscurité, dans l'indicible, l'inconscient, l'inaccessible à l'entendement, et attendre avec une profonde humilité, une profonde patience, l'heure de l'accouchement d'une nouvelle clarté: vivre dans l'art, c'est cela, et cela seul: pour comprendre aussi bien que pour créer.

Là, il n'y a point de mesure temporelle, une année ne compte pas et dix ans ne sont rien, être artiste signifie : ne point calculer ni compter ; mûrir comme l'arbre, qui ne fait pas monter sa sève plus vite qu'elle ne va et se dresse avec confiance au milieu des tempêtes du printemps sans avoir peur que ne vienne aucun été. Il viendra. Mais il ne viendra que pour ceux qui sont patients, qui sont là comme s'ils avaient l'éternité devant eux, dans l'insouciance de son calme et de son immensité. Je l'apprends tous les jours, je l'apprends dans la douleur, à qui j'en ai la gratitude : la *patience* est tout.

Richard Dehmel : l'impression que me font ses livres (comme, soit dit en passant, l'homme lui-même, que je connais un tout petit peu), c'est que, lorsque j'ai trouvé l'une de ses belles pages, je redoute toujours la suivante, qui peut tout détruire et retourner en quelque chose d'indigne ce que l'on pouvait aimer. Votre formule « vivre et écrire en rut » le caractérise fort bien. — Et il est vrai que l'expérience artistique est si incroyablement proche de l'expérience sexuelle, de sa douleur et de sa jouissance, que ces deux phénomènes ne sont en fait que deux formes différentes d'un seul et même désir et d'une seule et même félicité. Et si, au lieu de rut, on avait le droit de dire — sexe, sexe dans toute la grandeur, l'ampleur, la pureté du mot, loin des suspicions que fait peser sur lui l'erreur des Églises, l'art de Dehmel serait très grand et d'une importance infinie. Sa force poétique est grande, elle est puissante comme un instinct primitif, elle porte en elle des rythmes propres qui ne reculent devant rien, et elle jaillit de lui comme un torrent des montagnes.

Mais il semble que cette force ne soit pas toujours tout à fait sincère ni sans pose. (Mais c'est là aussi l'une des plus difficiles épreuves qu'ait à subir celui qui crée : il lui faut toujours rester cet inconscient qui n'a pas la moindre idée de ses meilleures vertus, s'il ne veut pas les priver de leur candeur et de leur virginité !) Et puis lorsque cette force, après avoir grondé à travers tout son être, parvient aux choses du sexe, elle ne trouve pas un homme aussi pur qu'elle en aurait besoin. Il n'y a point là un monde sexuel tout à fait mûr ni pur, mais un monde qui, pour n'être pas assez *humain*, n'est que *viril*, qui n'est que rut, ivresse sans repos, et sur lequel pèsent tous les vieux préjugés, toutes les arrogances que le mâle a fait peser sur l'amour en le défigurant. C'est parce qu'il n'aime qu'en *mâle*, et non en être humain, qu'il y a dans son appréhension du sexe quelque chose d'étroit, d'apparemment sauvage, haineux, temporel, privé d'éternité, qui diminue son art et le rend ambigu et douteux. Cet art n'est *pas* sans tache, il porte la marque du temps et de la passion, et il n'en survivra et n'en restera que peu de chose. (Mais il en va ainsi de la plus grande partie de l'art!) On peut cependant tirer une joie profonde de ce qui est grand en lui, pourvu qu'on ne s'y perde pas en devenant sectateur de ce monde dehmelien si infiniment angoissé, plein d'adultère et de confusion, bien éloigné des destinées réelles qui font plus souffrir que ces morosités inscrites dans le temps, mais offrent aussi plus d'occasions de grandeur et plus de courage pour aller vers l'éternité.

S'agissant enfin de mes livres, ce serait de grand cœur que je vous enverrais tous ceux auxquels vous pourriez prendre tant soit peu de plaisir. Mais je suis très pauvre, et mes livres, sitôt qu'ils ont été publiés, ne m'appartiennent plus. Je suis dans l'incapacité de les acheter moi-même — et de les offrir, comme j'aimerais si souvent le faire, à ceux qui pourraient leur manifester de l'affection.

Aussi je note pour vous sur un billet les titres (et les éditeurs) de mes derniers livres parus (les plus récents, j'en ai sans doute publié en tout quelque douze ou treize), contraint que je suis de vous laisser le soin, très cher Monsieur, d'en commander certains à l'occasion.

J'aime à savoir mes livres entre vos mains.
Adieu.

Votre
Rainer Maria Rilke.

Provisoirement à Worpswede, près Brême,
le 16 juillet 1903

J'ai quitté Paris il y a dix jours environ, fort souffrant et fort las, pour gagner une grande plaine nordique dont on espère que l'ampleur, le calme et le ciel me rendront la santé. Mais je n'ai gagné qu'une interminable pluie, qui ne semble qu'aujourd'hui vouloir s'éclaircir un peu au-dessus de la campagne agitée par les vents ; et je profite de cet instant de clarté, très cher Monsieur, pour vous adresser mon salut.

Bien cher monsieur Kappus, si j'ai longtemps laissé sans réponse une lettre de vous, ce n'est pas que je l'aie oubliée — tout au contraire : elle était de celles qu'on relit quand on la trouve parmi son courrier, et je vous y reconnaissais comme si vous aviez été tout près de moi. C'était la lettre du 2 mai, et vous ne manquez sans doute pas de vous souvenir d'elle. Quand je la relis, comme je le fais à cette heure, dans le grand calme de ces lointains, je suis touché par le beau souci que vous prenez de la vie, plus encore que je ne pouvais le ressentir à Paris, où tous les sons éclatent et s'éteignent d'une autre manière dans l'énormité du bruit qui fait trembler les choses.

Ici, entouré d'une terre imposante que balaient les vents venus des mers, ici, je sens que jamais être humain ne pourrait, face à vous, donner de réponse aux questions et aux sentiments qui, dans leurs profondeurs, mènent leur vie propre ; car même les meilleurs s'égarent dans les mots quand ils doivent exprimer ce qu'il y a de plus ténu, de presque indicible. Mais je crois cependant que vous n'en serez pas réduit à demeurer sans solution si vous vous en tenez à des choses qui ressemblent à celles où se reposent en ce moment mes yeux. Si vous vous en tenez à la nature, à ce qu'elle a de simple, à ce qui est petit, que presque personne ne voit, et qui peut justement se transformer à l'improviste en quelque chose de grand, d'incommensurable ; si vous avez cet amour pour l'infime et cherchez fort simplement, en serviteur, à gagner la confiance de ce qui paraît pauvre — alors tout deviendra pour vous plus léger, plus homogène et, d'une certaine façon, plus propre à réconcilier non votre entendement, peut-être, qui, étonné, restera en arrière, mais le plus intime de votre conscience, de votre éveil et de votre savoir. Vous êtes si jeune, si antérieur à tout commencement, que j'aimerais vous prier, autant qu'il est en mon pouvoir, très cher Monsieur, d'avoir de la patience envers tout ce qu'il y a de non résolu dans votre cœur et d'essayer d'aimer *les questions elles-mêmes* comme des chambres verrouillées, comme des livres écrits dans une langue très étrangère. Ne partez pas maintenant à la recherche de réponses qui ne peuvent pas vous être données parce que vous ne pourriez pas les vivre. Et ce dont il s'agit, c'est de tout vivre. *Vivez* maintenant les questions. Peut-être, alors, cette vie, peu à peu, un jour lointain, sans que vous le remarquiez, vous fera-t-elle entrer dans la réponse. Peut-être portez-vous effectivement en vous-même cette capacité à donner forme, à modeler, comme une façon de vivre particulièrement bienheureuse et pure ; éduquez-vous à cela — mais prenez ce qui vient avec une grande confiance, et pourvu que cela vienne de votre volonté, de quelque nécessité profonde en vous, assumez-le et ne haïssez rien. Le sexe est difficile ; c'est vrai. Mais c'est de quelque chose de difficile, de lourd, que nos épaules ont été chargées, presque tout ce qui est sérieux est difficile, et tout est sérieux. Si vous en prenez conscience et parvenez à conquérir une relation au sexe qui vienne de vous-même, des dispositions et de la manière d'être qui sont les *vôtres*, de l'expérience, de l'enfance et de la force qui sont les *vôtres* (hors de toute influence des conventions et des mœurs), alors vous n'aurez plus à craindre de vous perdre ou de devenir indigne de ce que vous possédez de plus précieux.

La volupté physique est un instant vécu par les sens, au même titre que le pur regard ou la pure sensation dont un beau fruit comble la langue ; c'est une expérience grande, infinie qui nous est donnée là, un savoir sur le monde, la profusion et l'éclat de tout savoir. Et ce n'est pas de l'accueillir qui est mauvais ; ce qui est mauvais, c'est que presque tout le monde mésuse de cette expérience, la gaspille, l'utilise pour mettre un peu de sel aux endroits où la vie se sent trop lasse, et en fait une distraction au lieu d'une concentration pour affronter les sommets. Aussi bien les hommes ont-ils fait pareillement de la nourriture autre chose qu'elle n'est : l'indigence d'une part, la surabondance de l'autre, ont troublé la clarté de ce besoin, et toutes les exigences simples et profondes où la vie vient se renouveler sont devenues troubles aussi. Mais l'individu (sinon l'individu, qui est trop dépendant, du moins le solitaire) peut les clarifier pour son propre compte et vivre dans la clarté. Il peut se souvenir que, quelle qu'elle soit, la beauté dans les animaux et les plantes est une forme calme et durable faite d'amour et de désir, et il peut voir l'animal, comme il voit la plante, s'unissant, croissant et se multipliant dans la patience et l'acceptation, non point pour le plaisir physique, non point par souffrance physique, mais en se pliant à des nécessités qui sont plus grandes que la souffrance ou le plaisir et plus puissantes que la résistance ou la volonté. Ah ! si l'homme pouvait recevoir avec plus d'humilité, porter et supporter avec plus de sérieux ce mystère dont la terre est remplie jusque dans ses plus petites choses, et sentir combien ce mystère est effroyablement lourd et difficile, au lieu de le prendre à la légère ! S'il pouvait regarder avec une crainte respectueuse sa propre fécondité, qui est *une*, qu'elle apparaisse comme spirituelle ou corporelle ; car même la création spirituelle procède de la création physique, est de la même essence qu'elle, sinon qu'elle est comme la répétition plus subtile, plus extatique et plus éternelle de la volupté du corps. « La pensée que l'on est créateur, qu'on engendre, qu'on donne forme » n'est rien sans sa grande, sa constante confirmation et réalisation dans le monde, rien sans l'assentiment que les choses et les animaux donnent sous mille formes, — et la jouissance que l'on en tire n'est aussi indescriptiblement belle et riche que parce qu'elle est pleine de souvenirs hérités, laissés par l'engendrement et l'accouchement auxquels ont procédé des millions d'êtres. Dans une seule pensée de créateur revivent mille nuits d'amour oubliées, qui la remplissent de majesté et de sublime. Et ceux, au long des nuits, qui s'unissent et s'entrelacent dans les bercements de la volupté font un travail plein de sérieux, amassent des douceurs, de la profondeur et de la force destinées à nourrir le chant de quelque poète à venir, qui se lèvera pour dire d'indicibles délices. Et ils appellent le futur ; et même s'ils s'égarent, s'étreignent en aveugles, cet avenir viendra, un homme nouveau surgira, et sur ce sol fait d'un hasard qui semble avoir ici terminé son œuvre, c'est la loi qui s'éveillera, la loi selon laquelle une vigoureuse et résistante semence se fraiera un chemin jusqu'à l'ovule qui s'avance pour l'accueillir. Ne vous laissez pas abuser par la surface ; dans les profondeurs, tout devient loi. Et ceux dont la manière de vivre ce mystère est fausse, mauvaise (ils sont très nombreux) ne le perdent que pour leur propre compte : ils ne le transmettent pas moins sans le savoir, comme une lettre scellée. Et ne vous laissez pas affoler par la multiplicité des noms et la complexité des cas. Peut-être règne-t-il au-dessus de tout cela une grande maternité, sous la forme d'un désir commun à tous. La beauté de la vierge, d'un être « qui n'a (comme vous le dites si bien) encore rien produit », c'est la maternité qui se pressent et se prépare, dans l'angoisse et le désir. La beauté de la mère, c'est la maternité dans le service, et chez la vieille femme, il y a un grand souvenir. Et même dans l'homme il y a de la maternité, me semble-t-il, une maternité du corps et de l'esprit ; l'engendrement est aussi chez lui une sorte d'accouchement, et c'est un accouchement lorsqu'il crée à partir de sa profusion la plus intérieure. Peut-être les sexes sont-ils plus apparentés qu'on ne croit, et la grande régénération du monde consistera peut-être en ceci que l'homme et la jeune fille, libérés de tous les errements sentimentaux et de toutes les morosités, ne se chercheront plus comme des contraires, mais comme frère et sœur, comme des voisins, et s'uniront comme des *êtres humains* afin de porter ensemble, dans la simplicité, le sérieux et la patience, le fardeau imposé de la sexualité.

Mais le solitaire peut dès à présent préparer et construire de ses mains, qui sont moins promptes à s'égarer, tout ce dont le grand nombre ne sera peut-être capable que plus tard. Aussi, très cher Monsieur, aimez votre solitude, et portez au son d'une belle plainte la douleur qu'elle vous cause. Car ceux qui vous sont proches sont au loin, dites-vous, et cela montre que l'espace commence à s'élargir autour de vous. Si la proximité vous est lointaine, alors vos grands espaces sont déjà parmi les étoiles, et ils sont fort vastes ; réjouissez-vous de votre croissance, à l'intérieur de laquelle vous ne pouvez assurément emmener personne ; soyez bon envers ceux qui restent en arrière, manifestez devant eux une tranquille assurance, ne les tourmentez pas avec vos doutes et ne les effrayez pas avec une certitude ou une joie qu'ils ne pourraient comprendre. Cherchez à établir avec eux quelque communauté qui soit simple et fidèle, et qui ne soit point obligée de se modifier si vous-même devenez toujours autre ; aimez en eux la vie sous une forme qui vous est étrangère, et soyez indulgent envers les êtres qui vieillissent, qui redoutent d'être seuls, quand vous, vous regardez cela avec la confiance de la familiarité. Évitez d'alimenter le drame qui ne manque jamais de se tisser entre parents et enfants ; il coûte bien des forces aux enfants et consume l'amour des vieillards, qui agit et qui réchauffe même quand il ne comprend pas. Ne leur demandez aucun conseil et ne comptez sur aucune compréhension ; mais ayez foi en un amour qui vous est conservé comme un héritage, et gardez la confiante certitude qu'en cet amour résident une force et une bénédiction auxquelles vous n'êtes pas obligé d'échapper pour aller très loin !

Il est bon que vous débouchiez dans l'immédiat sur un métier qui vous rendra indépendant et vous renverra totalement à vous-même, à tous égards. Attendez patiemment de savoir si les profondeurs les plus intimes de votre vie se sentent bridées par la forme de ce métier. Je le tiens pour très difficile et très exigeant, puisque sur lui pèsent de lourdes conventions et qu'il ne laisse presque aucune place à une conception personnelle de ce que l'on doit faire. Mais votre solitude vous sera un port, une patrie même au milieu de conditions fort étrangères, et c'est en partant d'elle que vous trouverez vos chemins. Tous mes vœux sont prêts à vous accompagner, et ma confiance est avec vous.

Votre
Rainer Maria Rilke.

Rome, le 29 octobre 1903

Très cher Monsieur,

J'ai reçu votre lettre du 29 août à Florence et ce n'est que maintenant — au bout de deux mois — que je vous en donne des nouvelles. Veuillez me pardonner ce retard — mais je n'aime guère écrire des lettres quand je suis en voyage, car j'ai besoin pour cela d'autre chose que des instruments strictement nécessaires: un peu de calme, de solitude, et une heure qui ne soit point trop étrangère à cette activité.

Nous sommes arrivés à Rome il y a environ six semaines, à un moment où c'était encore la Rome déserte, brûlante, à la sombre réputation de fièvres, et cette circonstance, jointe à des difficultés pratiques d'installation, a contribué à faire en sorte que l'agitation ne voulût point finir autour de nous et que pesât sur nos épaules le sentiment d'être des étrangers, auquel s'ajoutait celui de ne pas avoir de patrie. Au surplus, Rome (quand on ne la connaît pas encore) donne les premiers jours une impression de tristesse écrasante: à cause de l'atmosphère de musée qu'elle exhale, grise et sans vie, de la profusion de ses passés que l'on a tirés au jour, que l'on maintient péniblement debout (et dont se nourrit un présent minuscule), de l'insondable surestimation, entretenue par les érudits, les philologues, et copiée par les adeptes de l'inévitable voyage en Italie — l'insondable surestimation de toutes ces choses défigurées, en putréfaction, qui ne sont au fond rien d'autre que les restes fortuits d'un autre temps, et d'une vie qui n'est pas et ne doit pas être la nôtre. Finalement, après des semaines d'une résistance quotidienne, on retrouve, quoique la tête vous tourne encore un peu, le chemin de son propre moi, et l'on se dit : non, il n'y a pas ici plus de beauté qu'ailleurs, et tous ces objets que les générations n'ont cessé d'admirer, rafistolés et enjolivés par des tâcherons, des manœuvres, ne représentent rien, ne sont rien et n'ont pas plus de cœur que de valeur ; — mais il y a ici beaucoup de beauté parce qu'il y a beaucoup de beauté partout. Des eaux pleines d'une vie sans limites accourent au fil des aqueducs anciens pour venir danser, sur les nombreuses places de la ville, par-dessus des vasques de pierre blanche, s'étaler dans de larges et spacieux bassins, chuinter pendant le jour et élever leur chuintement à la face de la nuit, qui est ici grande, étoilée, et douce du souffle des vents. Et il y a des jardins, d'inoubliables allées et des escaliers, des escaliers, imaginés par Michel-Ange, des escaliers bâtis sur le modèle des eaux qui se laissent glisser, — dont la large descente fait naître une marche de l'autre comme la vague de la vague. Ce sont ces impressions-là qui permettent de se rassembler, de se reconquérir en échappant à la multiplicité dévorante qui parle, qui bavarde (et comme elle est loquace !), et d'apprendre lentement à reconnaître les très rares choses dans lesquelles perdure une éternité que l'on peut aimer, et une solitude à laquelle on peut prendre part en silence. J'habite encore en ville, sur le Capitole, non loin de la plus belle statue équestre que l'art romain nous ait laissée — celle de Marc Aurèle ; mais dans quelques semaines, je vais emménager dans un lieu simple et calme, une vieille terrasse perdue tout au fond d'un grand parc, à l'abri de la ville, de son bruit et de ses aléas. J'y habiterai tout l'hiver, en savourant le grand calme dont j'attends qu'il m'offre le présent de bonnes heures bien remplies…

De cet endroit, où je serai davantage chez moi, je vous écrirai une plus longue lettre, où il sera encore question de la vôtre. Pour aujourd'hui, je me contenterai de vous dire (et peut-être n'est-ce pas bien de ma part que de ne pas l'avoir fait plus tôt) que le livre annoncé par votre lettre (et qui devait contenir des travaux de vous) n'est pas arrivé ici. Vous est-il revenu, de Worpswede peut-être ? (Car on ne peut pas faire suivre des paquets vers l'étranger.) C'est la meilleure des hypothèses, et j'aimerais en avoir confirmation. J'espère qu'il ne s'est pas perdu — ce qui ne serait pas exceptionnel étant donné le fonctionnement de la poste italienne — hélas !

Ce livre aussi (comme tout ce qui me donne des nouvelles de vous), je l'aurais accueilli avec plaisir ; et les vers qui auront vu le jour entre-temps, je les lirai toujours (si vous me les confiez), je les relirai et les vivrai aussi bien et avec autant de cœur que je le pourrai. Recevez mes vœux et mes salutations.

Votre
Rainer Maria Rilke.

Rome, le 23 décembre 1903

Mon cher Monsieur Kappus,

Il ne sera pas dit que vous n'aurez pas eu un salut de ma part au moment où Noël approche et où votre solitude, au beau milieu de la fête, sera plus lourde à porter que d'ordinaire. Mais si vous vous apercevez alors qu'elle est grande, réjouissez-vous ; car que serait (c'est la question qu'il faut vous poser) une solitude qui n'aurait rien de grand ; il n'y a qu'*une* solitude : elle est grande et n'est pas légère à porter, et presque tous connaissent un jour ces heures où ils l'échangeraient volontiers contre la plus quelconque, la plus banale, la plus facile des communautés, contre l'apparence d'une harmonie, aussi infime soit-elle, avec le premier venu, le plus indigne... Mais peut-être sont-ce là précisément les heures où la solitude grandit ; car sa croissance est douloureuse comme la croissance des jeunes garçons et triste comme le début des printemps. Mais cela ne doit pas vous égarer. Ce qui est nécessaire se résume à ceci : solitude, grande solitude intérieure. Rentrer en soi-même et ne rencontrer personne pendant des heures — voilà ce à quoi il faut pouvoir parvenir. Être solitaire comme on était solitaire, enfant, quand les adultes allaient et venaient dans un entrelacs de choses qui semblaient importantes et grandes parce que les grands paraissaient plongés dans un grand affairement et que l'on ne comprenait rien à ce qu'ils faisaient.

Mais quand on voit un jour combien leurs occupations sont pauvres, leurs métiers sclérosés, n'ayant plus aucun lien avec la vie — pourquoi dès lors ne pas continuer, comme un enfant, à les regarder comme quelque chose d'étranger, depuis les profondeurs de son propre monde, depuis l'immensité de sa propre solitude, qui est elle-même un travail, un rang, un métier ? Pourquoi vouloir échanger la sage absence de compréhension d'un enfant contre la résistance et le mépris, puisque ne pas comprendre, c'est rester solitaire, alors que résister et mépriser, c'est encore prendre part à ce dont, par ces moyens, on prétend se séparer ?

Pensez, très cher Monsieur, au monde que vous portez en vous, et donnez à cette pensée le nom qui vous plaira — souvenir de votre propre enfance ou désir qui vous pousse vers votre propre avenir —, soyez attentif, en tout cas, à ce qui se lève en vous, et mettez-le au-dessus de tout ce que vous remarquez autour de vous. Ce qui advient au plus profond de vous est digne de tout votre amour, c'est à cela que vous devez consacrer votre travail, au lieu de perdre trop de temps et d'ardeur à éclaircir votre position vis-à-vis des hommes. Qui vous dit, d'ailleurs, que vous en avez une ? — Je sais que votre métier est dur et qu'il vous contrarie extrêmement ; je prévoyais vos plaintes et savais qu'elles viendraient. Maintenant qu'elles sont venues, je ne peux pas vous tranquilliser, je peux seulement vous conseiller de réfléchir en vous demandant si tous les métiers ne sont pas comme cela, pleins d'exigences, d'hostilité à l'égard de l'individu, imbibés en quelque sorte par la haine de ceux qui se sont résignés, dans une rancœur muette, à la sécheresse du devoir. La condition dans laquelle vous êtes maintenant forcé de vivre n'est pas plus accablée de conventions, de préjugés ni d'erreurs que toutes les autres, et s'il y en a qui affichent plus de liberté, il n'y en a aucune qui, en elle-même, offre assez d'ampleur et d'espace et soit en rapport avec les grandes choses dont se compose la vie réelle. Seul l'individu qui est solitaire est soumis comme une chose aux lois profondes, et quand l'un d'eux sort dans le matin qui se lève ou plonge le regard dans le soir qui est tout événement, quand il sent ce qui est en train d'advenir, toute condition l'abandonne comme elle abandonne un mort, alors qu'il ne baigne que dans la vie. Les expériences qui sont actuellement imposées à l'officier que vous êtes, très cher monsieur Kappus, se seraient fait sentir de la même façon dans tous les métiers existants, et même si, en dehors de toute position, vous n'aviez cherché avec la société qu'un contact léger et autonome, ce sentiment d'oppression ne vous aurait pas été épargné. — Il en va de même partout; mais ce n'est pas une raison pour se laisser aller à l'angoisse ou à la tristesse; s'il n'y a point de communauté entre les hommes et vous, essayez d'être proche des choses, qui ne vous abandonneront pas; les nuits sont encore là, et les vents, qui traversent les arbres et balaient de nombreux pays; parmi les choses et les animaux, encore, tout est plein de ce qui advient, et à quoi il vous est permis de prendre part; et les enfants sont encore tels que vous avez vous-même été, enfant, aussi tristes et aussi heureux, — et lorsque vous pensez à votre enfance, vous vivez à nouveau parmi eux, parmi les enfants solitaires, et les adultes ne sont rien, et votre dignité est sans valeur.

Et si c'est pour vous un sujet d'angoisse, une torture que de penser à l'enfance, à la simplicité et au calme qu'elle évoque, parce que vous ne croyez plus en un Dieu qui y est partout présent, alors demandez-vous, très cher monsieur Kappus, si vous avez réellement perdu Dieu. N'est-ce pas, bien plutôt, que vous ne l'avez jamais possédé? Car à quel moment aurait-ce été le cas? Croyez-vous qu'un enfant puisse le soutenir, lui que des hommes faits ne portent qu'avec peine et dont le poids écrase les vieillards? Croyez-vous que celui qui l'a réellement puisse le perdre comme un petit caillou, ou ne croyez-vous pas que celui qui l'aurait ne pourrait plus qu'être perdu par lui? — Mais si vous reconnaissez qu'il n'était pas en votre enfance, ni auparavant, si vous avez le pressentiment que le Christ a été trompé par son désir et Mahomet abusé par son orgueil, — et si vous sentez avec terreur qu'il n'est pas non plus en ce moment, au moment même où nous parlons de lui — qu'est-ce qui vous autorise à regretter comme un être du passé et à chercher comme s'il était perdu celui qui n'a jamais été?

Pourquoi ne pensez-vous pas qu'il est celui qui vient, qui est devant nous de toute éternité, qui est à venir, l'aboutissement et le fruit d'un arbre dont nous sommes les feuilles? Qu'est-ce qui vous retient de rejeter sa naissance dans les temps en gestation et de vivre votre vie comme un jour douloureux et beau dans l'histoire d'une immense grossesse? Ne voyez-vous donc pas que tout ce qui advient est encore et toujours commencement, et ne pourrait-ce pas être *Son* commencement, puisque enfin tout début est en soi d'une si grande beauté? S'il est le plus parfait, ne doit-il pas y avoir quelque chose de plus petit *avant* lui, afin qu'il puisse choisir dans la profusion et la surabondance? — N'est-ce pas lui qui doit être le dernier s'il faut que tout soit contenu en lui, et quel sens aurions-nous si celui dont nous avons soif avait déjà été?

De même que les abeilles composent le miel, de même nous allons prendre en chaque chose ce qu'il y a de plus doux et nous Le construisons. C'est même avec l'infime, avec l'insignifiant (pourvu qu'il advienne dans l'amour) que nous débutons, avec le travail et le repos qui le suit, avec le silence qu'on garde ou une petite joie solitaire, avec tout ce que nous faisons seuls, sans partisans ni participants, que nous Le commençons, Lui que notre vie ne verra pas, pas plus que celle de nos ancêtres ne nous a vus. Et pourtant ils sont en nous, ceux qui s'en sont allés depuis longtemps, ils sont nos dispositions, ils pèsent sur notre destin, ils sont le sang qui gronde en nous et le geste qui monte des profondeurs du temps.

Existe-t-il quelque chose qui puisse vous enlever l'espoir d'être un jour en Lui, le Lointain des Lointains, l'Extrême des Extrêmes?

Fêtez Noël, cher monsieur Kappus, dans le pieux sentiment qu'Il a peut-être justement besoin de votre angoisse devant la vie pour commencer; ces jours qui sont pour vous transition sont peut-être justement le temps où tout en vous travaille à Le faire devenir, de même qu'autrefois, enfant, vous y avez déjà travaillé à perdre haleine. Soyez patient, sans réticence, et songez que le moins que nous puissions faire est de ne pas rendre son avènement plus difficile que la terre ne le fait pour le printemps lorsqu'il veut venir.

Et soyez joyeux et confiant.

Votre
Rainer Maria Rilke.

Rome, le 14 mai 1904

Mon cher monsieur Kappus,

Il s'est passé beaucoup de temps depuis que j'ai reçu votre dernière lettre. Ne m'en tenez pas rigueur ; ce sont d'abord le travail, ensuite des dérangements, enfin une mauvaise santé qui m'ont chaque fois empêché de vous faire une réponse qui — je le voulais — devait témoigner à vos yeux de jours tranquilles et bons. Je me sens à présent un peu rétabli (ici aussi, le début du printemps, avec ses sauts capricieux et mauvais, s'est fait durement sentir) et je parviens enfin, cher monsieur Kappus, à vous envoyer mon salut pour vous dire en même temps, aussi bien que j'en sois capable (et je le fais de très bon cœur), deux ou trois choses en réponse à votre lettre.

Vous le voyez : j'ai recopié votre sonnet, car j'ai trouvé qu'il était beau, simple et né dans une forme où il se meut avec une fort tranquille correction. Ce sont les meilleurs vers de vous qu'il m'ait été donné de lire. Voici donc que je vous remets cette copie, parce que je sais que cela est important, que cela est plein d'une expérience nouvelle, lorsqu'on retrouve son propre travail dans une écriture étrangère. Lisez ces vers comme s'ils vous étaient étrangers, et vous sentirez au plus profond de vous combien ce sont les vôtres.

J'ai eu plaisir à relire souvent ce sonnet et votre lettre ; soyez remercié pour les deux.

Et ne vous laissez pas égarer, dans votre solitude, par le fait qu'il y a quelque chose en vous qui souhaite lui échapper. C'est ce souhait justement, si vous l'utilisez avec calme, souverainement, comme un outil, qui vous aidera à élargir votre solitude à la taille d'un vaste pays. Les gens (à l'aide de conventions) ont tout résolu dans le sens de la légèreté, de la facilité, en allant même vers ce qu'il y a de plus léger dans la légèreté; or il est clair que nous devons nous tenir à ce qui est lourd, difficile; tout ce qui vit s'y tient, tout dans la nature croît, se défend selon son espèce, est quelque chose de particulier en partant de soi-même, tente de l'être à tout prix et malgré toutes les résistances. Nous savons peu de chose, mais ce qui est une certitude, et elle ne nous abandonnera pas, c'est que nous devons nous tenir à ce qui est difficile et lourd; il est bon d'être solitaire, car la solitude est difficile; qu'une chose soit difficile doit être pour nous une raison supplémentaire de l'accomplir.

Aimer aussi est bon: car l'amour est difficile. S'aimer, d'être humain à être humain: voilà peut-être la tâche la plus difficile qui nous soit imposée, l'extrême, la suprême épreuve et preuve, le travail en vue duquel tout autre travail n'est que préparation.

C'est pourquoi les jeunes gens, qui sont débutants en tout, ne *peuvent* pas encore aimer: il faut qu'ils apprennent. Il faut que de tout leur être, de toutes leurs forces rassemblées autour de leur cœur solitaire, angoissé, qui cherche à jaillir, ils apprennent à aimer. Or l'apprentissage est toujours un long temps d'enfermement, si bien que l'amour est ainsi repoussé loin dans le temps, jusqu'au cœur de la vie —: solitude, isolement encore plus intense et plus profond pour celui qui aime. Aimer n'a d'abord rien d'une absorption, d'un abandon ni d'une union avec l'autre (car que serait l'union de choses qui ne sont pas éclaircies, ne sont pas achevées, ne sont pas encore mises en ordre?), c'est une sublime occasion pour l'individu de mûrir, de devenir quelque chose en lui-même, de devenir un monde, de devenir pour l'amour d'un autre un monde pour lui-même, c'est une grande et immodeste exigence qui s'adresse à lui, qui en fait un élu et l'appelle à l'immensité. Les jeunes gens ne devraient user de l'amour qui leur est donné que dans ce sens-là: celui d'une tâche consistant à travailler sur soi-même (« à ausculter et marteler jour et nuit »). L'absorption, l'abandon, la communauté, de quelque espèce qu'elle soit, ne sont pas pour eux (qui devront épargner et amasser longtemps, longtemps encore), ils sont l'aboutissement, et peut-être ce à quoi les vies humaines ne peuvent pas encore suffire.

Mais c'est là justement l'erreur si fréquente et si lourde que commettent les jeunes gens (il est dans leur nature de n'avoir pas de patience) : ils se jettent l'un sur l'autre lorsque l'amour descend sur eux, ils se déversent tels qu'ils sont, dans tout leur manque de cohérence, leur désordre, leur confusion… : que peut-il arriver ? Que peut faire la vie de ce bric-à-brac à moitié démoli qu'ils nomment leur communauté et qu'ils aimeraient bien appeler leur bonheur, s'il y avait quelque apparence, et leur avenir ? Là, chacun, pour l'amour de l'autre, se perd, perd l'autre et beaucoup d'autres qui voulaient encore venir. Et il perd les vastes espaces et les possibilités, il échange l'approche et le vol de choses discrètes et pleines de pressentiments contre le désarroi infécond d'où plus rien ne peut venir ; plus rien qu'un peu de dégoût, de déception et de pauvreté, et la fuite dans l'une des nombreuses conventions qui sont placées comme des abris publics le long de ce chemin, le plus dangereux de tous. Aucun domaine de l'expérience vécue par les hommes n'est aussi bien pourvu de conventions que celui-là : on y trouve des ceintures de sauvetage de l'invention la plus variée, des canots, des flotteurs ; les vues de la société ont su créer des échappatoires de toutes sortes, car comme elle avait tendance à prendre la vie de l'amour pour une distraction, il fallait aussi qu'elle l'aménageât de manière à la rendre simple, peu coûteuse, sûre et sans danger, comme le sont les divertissements publics.

Certes, bien des jeunes gens qui aiment comme il ne faut pas, c'est-à-dire en se contentant de s'abandonner et en fuyant la solitude (et le gros en restera toujours là —), ressentent l'accablement d'un ratage et veulent aussi rendre vital et fécond à leur manière propre, personnelle, l'état dans lequel ils sont tombés par hasard — : car leur nature leur dit que, moins encore que toutes les autres choses importantes, les questions de l'amour ne peuvent être résolues par l'ordre public ni par tel ou tel consensus ; que ce sont des questions, des questions qui impliquent, de tout près, deux êtres humains, et qui nécessitent une réponse à chaque fois nouvelle, particulière, *exclusivement* personnelle —: or comment ceux qui se sont déjà jetés l'un dans l'autre, qui ne se distinguent, ne se délimitent plus, qui donc ne possèdent plus rien en propre, pourraient-ils trouver une issue en partant d'eux-mêmes, des profondeurs d'une solitude qu'ils ont déjà galvaudée ?

Ils n'agissent qu'à partir de leur commun désarroi, et lorsqu'ils veulent ensuite, avec la meilleure volonté, éviter la convention qui leur vient à l'esprit (le mariage, par exemple), ils tombent dans les rets d'une solution conventionnelle moins voyante, mais tout aussi mortelle ; car alors tout ce qui les entoure, bien loin à la ronde, n'est que — convention ; lorsque l'on agit à partir d'une communauté peu claire où les flots se sont mêlés trop tôt, *tout* acte est conventionnel : toute relation issue de cette confusion, aussi inhabituelle (c'est-à-dire, au sens courant, aussi immorale) qu'elle soit, a sa convention ; à vrai dire, même la séparation serait là une démarche conventionnelle, une décision de hasard, impersonnelle, qui n'aurait ni force ni fruit.

Celui qui regarde ces choses avec sérieux constatera que, comme pour la mort, qui est difficile, personne, pour le difficile amour, ne peut donner de l'extérieur ni lumière, ni solution, ni signe, ni sentier ; et pour ces deux tâches que nous portons et transmettons dans leur enveloppe sans la décacheter, on ne parviendra pas à trouver de règle commune reposant sur une entente générale. Mais au fur et à mesure que nous commencerons à nous essayer à la vie en tant qu'individus, nous rencontrerons ces grandes choses, nous, individus, à une plus grande proximité. Les exigences que ce lourd travail de l'amour impose à notre développement ne sont pas à la mesure d'une vie, et les débutants que nous sommes ne sont pas à leur hauteur. Mais si nous tenons bon, si nous prenons cet amour sur nos épaules comme un fardeau et un apprentissage au lieu de nous perdre au jeu de la facilité et de la frivolité derrière lequel les humains se sont dissimulés pour échapper à ce qu'il y a de plus sérieux dans le sérieux de leur existence, — alors peut-être un petit progrès, un soulagement seront-ils sensibles à ceux qui viendront longtemps après nous ; ce ne serait pas rien.

Nous commençons à peine, en effet, à considérer avec un regard objectif, dénué de préjugés, la relation d'un être humain à un autre individu, et nos tentatives pour vivre ces rapports ne peuvent s'appuyer sur aucun modèle antérieur. Et cependant, il y a déjà dans ces métamorphoses de l'époque bien des éléments qui cherchent à venir en aide à nos timides débuts.

Si la jeune fille et la femme, dans le nouvel épanouissement qui leur est propre, imitent la manière et les mauvaises manières des hommes et reprennent les métiers des hommes, ce ne sera que passager. Une fois passée l'incertitude de ces temps de transition, on verra que les femmes n'auront traversé cette multiplicité et cette succession de déguisements (bien souvent ridicules) qu'afin de purifier leur être le plus propre des influences de l'autre sexe, qui le défiguraient. Les femmes, en qui la vie séjourne et loge avec plus d'immédiateté, de fécondité et de confiance, n'ont pu faire autrement que de devenir des êtres au fond plus mûrs, des humains plus humains que l'homme, qui, léger, n'est tiré en dessous de la surface de la vie par le poids d'aucun fruit de son corps et qui, dans la suffisance et la précipitation, sous-estime ce qu'il croit aimer. Cette humanité de la femme, portée à son terme dans les douleurs et les humiliations, apparaîtra au grand jour lorsque les métamorphoses de sa condition extérieure lui auront permis de se dépouiller des conventions qui la réduisent à la seule féminité, et les hommes, qui ne le sentent pas venir, seront surpris par leur défaite. Un jour (et des signes qui ne trompent pas parlent et brillent dès à présent, surtout dans les pays nordiques), un jour, la jeune fille sera là, la femme sera là dont le nom ne sera plus seulement l'opposé du masculin, mais quelque chose en soi, quelque chose qui ne fera penser ni à un complément ni à une limite, mais seulement à la vie et à l'existence —: l'être humain féminin.

Ce progrès transformera (tout à fait contre la volonté des hommes dans un premier temps, qui seront dépassés) notre manière de vivre l'amour, plongée aujourd'hui dans un total égarement, il la transformera de fond en comble, en fera une relation comprise comme celle d'un être humain à un être humain, et non plus d'un homme à une femme. Et cet amour plus humain (qui s'accomplira avec infiniment d'égards et de discrétion, où l'on se liera et se déliera dans la bonté et la clarté) ressemblera à celui que nous préparons dans le combat et l'effort, à un amour ne consistant en rien d'autre qu'en deux solitudes qui l'une l'autre se protègent, se circonscrivent et se saluent.

Ceci encore : n'allez pas croire que ce grand amour qui a été mis sur vos épaules quand vous étiez petit garçon se soit perdu ; pouvez-vous affirmer qu'en ce temps-là, des vœux grands et bons n'ont pas mûri en vous, et des résolutions, qui vous font vivre encore ? Je crois que si cet amour garde tant de force et de puissance dans votre souvenir, c'est parce qu'il a été votre première solitude profonde et le premier travail intérieur que vous ayez fait sur votre vie. — Tous mes vœux vous accompagnent, cher monsieur Kappus !

Votre
Rainer Maria Rilke.

Borgeby gård, Flädie, Suède,
le 12 août 1904

Je voudrais à nouveau vous parler un moment, cher monsieur Kappus, bien que je ne puissse pratiquement rien dire qui vous soit de quelque secours, et fort peu de choses qui vous soient utiles. Vous avez eu de nombreuses et de grandes tristesses, elles se sont enfuies. Et vous dites que ce passage, cette fugacité même a été difficile et contrariante pour vous. Mais demandez-vous, je vous en prie, si ces grandes tristesses ne vous ont pas bien plutôt traversé en plein milieu. Si beaucoup de choses ne se sont pas métamorphosées en vous, si quelque part, en un point quelconque de votre être, vous ne vous êtes pas transformé pendant que vous étiez triste. Ne sont dangereuses et mauvaises que les tristesses qu'on promène dans le monde pour que le bruit couvre leur voix ; comme les maladies que l'on traite superficiellement, déraisonnablement, elles ne font que reculer pour n'être que plus terribles lorsque après une petite pause, elles refont irruption ; elles s'amassent au-dedans, et elles sont de la vie, de la vie non vécue, dédaignée, perdue, dont on peut mourir. S'il nous était possible de voir au-delà des limites de notre savoir, et même un peu plus loin que les avant-postes de notre pressentiment, peut-être supporterions-nous nos tristesses avec plus de confiance que nos joies. Car elles sont les instants où quelque chose de nouveau entre en nous, quelque chose d'inconnu ; nos sentiments, craintifs et mal à l'aise, sont tout à coup muets, tout en nous recule, il se fait un silence, et le Nouveau, que personne ne connaît, se tient au beau milieu, et il se tait.

Je crois que toutes nos tristesses sont des moments de tension que nous ressentons comme une paralysie parce que nous n'entendons plus vivre nos sentiments frappés de stupeur par cet étranger. Parce que nous sommes seuls avec l'étranger qui est entré en nous; parce que tout ce qui nous est familier, habituel, nous est pour un instant enlevé; parce que nous sommes au beau milieu d'un gué où nous ne pouvons pas faire halte. C'est pourquoi la tristesse passe aussi: le Nouveau en nous, ce qui est venu nous rejoindre, est entré dans notre cœur, a pénétré dans sa chambre la plus intérieure et n'y est du reste déjà plus — il est déjà dans notre sang. Et nous n'avons pas eu le temps de savoir de quoi il s'agissait. On n'aurait aucune peine à nous faire croire qu'il ne s'est rien passé, et pourtant nous nous sommes métamorphosés, comme une maison se métamorphose lorsqu'un hôte y a pénétré. Nous ne pouvons pas dire qui est venu, nous ne le saurons peut-être jamais, mais bien des signes laissent penser que c'est ainsi que l'avenir entre en nous, pour se métamorphoser en nous bien avant de se produire.

Voilà pourquoi il est si important d'être solitaire et attentif quand on est triste: l'instant apparemment fixe, non perçu comme un événement, où notre avenir pénètre en nous est infiniment plus proche de la vie que cet autre moment, bruyant et fortuit, où il survient pour nous comme de l'extérieur. Plus nous sommes calmes, patients et ouverts lorsque nous sommes tristes, plus le Nouveau entre en nous profondément, directement, mieux nous en faisons l'acquisition, plus il sera un destin vraiment *nôtre*; et lorsqu'un jour, plus tard, il «s'accomplira» (c'est-à-dire sortira de nous pour aller vers les autres), nous sentirons à son égard la parenté et la proximité les plus intimes. Et cela est nécessaire. Il est nécessaire — et c'est vers là qu'ira peu à peu notre développement — que ne nous advienne rien d'étranger, mais seulement ce qui nous appartient de longue date. On a déjà dû repenser tant de conceptions du mouvement! Il faudra bien aussi en venir à admettre que ce que nous appelons destin sort des hommes et n'entre pas en eux de l'extérieur. Simplement, comme tant d'entre eux ont omis, aussi longtemps qu'en eux vivaient leurs destins, de s'en imprégner et de les transformer pour en faire leur propre substance, ils n'ont pas su reconnaître ce qui sortait d'eux-mêmes ; cela leur était si étranger que, dans l'affolement de la terreur, ils ont cru que cela venait à peine d'entrer en eux, car ils pouvaient jurer qu'ils n'y avaient auparavant jamais trouvé rien de semblable. De même qu'on s'est longtemps trompé sur le mouvement du soleil, de même on se trompe encore sur le mouvement de ce qui vient. L'avenir est fixe, cher monsieur Kappus, c'est nous qui sommes en mouvement dans un espace infini.

Comment notre condition ne serait-elle pas difficile ?

Et si nous parlons à nouveau de solitude, il est de plus en plus clair qu'elle n'est en fait rien qu'il nous soit loisible de choisir ou de laisser. Nous *sommes* seuls. On peut se donner le change et faire comme s'il n'en était pas ainsi. Mais pas plus. Or combien ne vaut-il pas mieux reconnaître que nous le sommes, et même partir précisément de là ! Alors, assurément, nous serons pris de vertige ; car tous les points sur lesquels notre regard avait l'habitude de se reposer nous sont enlevés, il n'y a plus rien de proche, et tout ce qui est lointain est à une distance infinie. Celui qui, sortant de sa chambre, serait, presque sans transition ni préparation, transporté au sommet d'une haute montagne éprouverait à coup sûr une sensation analogue : une insécurité sans pareille, l'impression d'être livré à quelque chose qui n'a pas de nom, manqueraient de l'anéantir. Il penserait tomber, ou se croirait projeté dans l'espace, ou se sentirait éclater en mille morceaux : quel énorme mensonge son cerveau ne devrait-il pas inventer pour rattraper ses sens et s'en expliquer l'état ? C'est de la même manière que se transforment, pour celui qui devient solitaire, toutes les distances, toutes les mesures ; parmi ces transformations, beaucoup se produisent brutalement, et comme pour l'homme sur la montagne naissent alors de singulières illusions, des sensations étranges, qui semblent prendre une ampleur dépassant tout ce qui est supportable. Mais il est nécessaire que nous vivions aussi *cela*. Nous devons accepter notre existence aussi *loin* qu'elle puisse aller ; tout, même l'inouï, doit y être possible. C'est là, au fond, le seul courage que l'on exige de nous : être assez courageux pour accueillir ce qui peut venir à notre rencontre de plus étrange, de plus extravagant, de plus inexplicable.

La lâcheté des hommes à cet égard a causé à la vie des dommages sans limites ; les expériences vécues que l'on nomme « apparitions », tout ce que l'on appelle le « monde des esprits », la mort, toutes ces choses qui nous sont si apparentées ont été à tel point expulsées de la vie, par une résistance quotidienne, que les sens avec lesquels nous pourrions les saisir se sont atrophiés. Ne parlons pas de Dieu. Mais la peur de l'inexplicable n'a pas seulement appauvri l'existence de l'individu, elle a aussi confiné les relations d'être humain à être humain, les a en quelque sorte tirées du lit d'un fleuve d'infinies possibilités pour les laisser sur une friche de la grève à laquelle rien n'advient. Car cela n'est pas dû à la seule paresse, si les rapports entre les humains se répètent d'un cas à un autre avec la même indicible monotonie, dans une absence totale de renouvellement, cela est dû à la crainte de tout vécu nouveau, imprévisible, qu'on ne se croit pas de taille à affronter.

Or seul celui qui s'attend à tout, qui n'exclut rien, pas même ce qu'il y a de plus énigmatique, vivra sa relation à l'autre comme quelque chose de vivant et, de son côté, épuisera sa propre existence. Car si nous nous représentons cette existence de l'individu comme un espace plus ou moins grand, il apparaît que la plupart ne connaissent qu'un petit coin de leur espace, une place près de la fenêtre, une étroite bande de sol où ils font les cent pas. Cela leur donne une certaine sécurité. Et pourtant, combien plus humaine est la périlleuse insécurité qui, dans les histoires de Poe, pousse les prisonniers à reconnaître à tâtons les formes de leurs effroyables cachots, à ne pas rester étrangers aux terreurs indicibles de l'endroit où ils séjournent. Nous, nous ne sommes pas des prisonniers. On n'a placé autour de nous ni trappes ni nœuds coulants, et il n'y a rien qui doive nous faire peur ni nous tourmenter. Nous sommes placés dans la vie comme dans l'élément qui nous correspond le mieux, et une adaptation poursuivie pendant des millénaires, au surplus, nous a rendus si semblables à cette vie que si nous nous tenons cois, un heureux mimétisme fait que nous ne nous distinguons pratiquement pas de tout ce qui nous entoure. Nous n'avons aucune raison d'avoir de la méfiance envers le monde qui est le nôtre, car il n'est pas contre nous. S'il contient des terreurs, ces terreurs sont les nôtres, des abîmes, ces abîmes nous appartiennent, s'il présente des dangers, nous devons essayer de les aimer. Et pourvu que nous réglions notre vie sur le principe qui nous conseille de toujours nous en tenir à ce qui est lourd, difficile, ce qui nous apparaît aujourd'hui encore comme la chose la plus étrangère deviendra ce que nous aurons de plus familier et de plus fidèle. Comment oublier les vieux mythes qui sont au commencement de tous les peuples, ces mythes qui nous parlent de dragons métamorphosés, à l'instant ultime, en princesses ? Peut-être tous les dragons de notre vie sont-ils des princesses qui n'attendent que le moment de nous voir beaux et courageux. Peut-être tous les effrois ne sont-ils, au fond du fond, qu'une impuissance qui demande notre aide.

Aussi, cher monsieur Kappus, ne devez-vous pas vous effrayer quand une tristesse se lève devant vous, si grande que jamais vous n'en aviez vu de pareille ; si une inquiète agitation, comme la lumière et l'ombre des nuages, parcourt vos mains et tout ce que vous faites. Il vous faut penser alors que quelque chose se passe en vous, que la vie ne vous a pas oublié, qu'elle vous tient dans sa main ; elle ne vous laissera pas tomber. Pourquoi voudriez-vous exclure de votre vie quelque anxiété, quelque douleur, quelque mélancolie que ce soit, puisque vous ignorez quel est le travail que ces états accomplissent en vous ? Puisque vous savez bien que vous êtes au milieu de transitions, et que vous ne souhaitiez rien tant que de vous transformer ? S'il y a quelque chose de maladif dans les processus qui agissent en vous, songez que la maladie est le moyen par lequel l'organisme se libère de ce qui lui est étranger ; il faut au contraire l'aider à être malade, à couver jusqu'au bout sa maladie, jusqu'à ce qu'elle éclate, car c'est un progrès pour lui. Il se passe en ce moment tant de choses en vous, cher monsieur Kappus ! Il vous faut être patient comme un malade et assuré comme un convalescent ; car vous êtes peut-être les deux. Et plus encore : vous êtes le médecin qui doit veiller sur lui-même. Mais il y a au cours d'une maladie bien des jours où le médecin ne peut rien faire d'autre qu'attendre. Et à présent, c'est avant tout cela que vous avez à faire, en tant que votre propre médecin.

Ne vous observez pas trop. Ne tirez pas de conclusions trop rapides de ce qui vous arrive ; laissez-le simplement arriver. Sans quoi vous n'auriez que trop tendance à jeter un regard réprobateur (c'est-à-dire moral) sur votre passé, qui a naturellement sa part dans tout ce qui vous advient actuellement. Ce dont vous vous souvenez et que vous condamnez n'est pas ce qui, des égarements, des souhaits et des désirs du petit garçon que vous étiez, agit maintenant en vous. Les conditions exceptionnelles d'une enfance solitaire et désemparée sont si difficiles, si compliquées, livrées à tant d'influences et en même temps si isolées de toutes les réalités de la vie que lorsqu'un vice y pénètre, on ne doit pas se hâter de l'appeler un vice. Les noms demandent d'une manière générale une grande prudence ; c'est si souvent sur le *nom* d'un crime que se brise une vie, non sur l'acte lui-même, qui était personnel, n'avait pas de nom et constituait peut-être une nécessité bien précise pour cette vie, à laquelle il pourrait s'intégrer sans peine. Et la dépense d'énergie ne vous paraît si grande que parce que vous surestimez la victoire ; ce n'est pas elle, la «grande chose» que vous pensez avoir menée à bien, quoique votre sentiment ne vous trompe pas ; ce qui est grand, c'est qu'il y eût déjà là quelque chose que vous avez pu mettre à la place de ce mensonge, quelque chose de vrai et de réel. Sans cela, votre victoire n'aurait été qu'une réaction morale, sans grande signification, alors qu'ainsi, elle est devenue une étape de votre vie. De votre vie, cher monsieur Kappus, à laquelle je pense en formant tant de vœux. Vous rappelez-vous combien cette vie désirait sortir de l'enfance pour rejoindre les «grands»? Je la vois maintenant qui désire quitter les grands pour rejoindre les plus grands. C'est pourquoi elle ne cesse pas d'être difficile, mais c'est aussi pourquoi elle ne cessera pas non plus de grandir.

Et si je peux encore vous dire une chose, c'est celle-ci : ne croyez pas que celui-là même qui tente de vous consoler vive sans peine au milieu des mots calmes et simples qui vous font parfois du bien. Sa vie connaît bien de la peine et de la tristesse, et reste loin derrière vous. Mais s'il en était autrement, jamais il n'aurait pu trouver ces mots.

Votre
Rainer Maria Rilke.

Furuborg, Jonsered, en Suède,
le 4 novembre 1904

Mon cher monsieur Kappus,

Cette période sans lettre m'a vu tantôt en voyage, tantôt si occupé qu'il m'était impossible d'écrire. Et aujourd'hui encore, écrire m'est difficile, parce qu'il m'a déjà fallu écrire tant de lettres que ma main est fatiguée. Si je pouvais dicter, je vous dirais beaucoup de choses, mais puisqu'il en est ainsi, acceptez ces quelques mots en échange de votre longue lettre.

Je pense souvent à vous, cher monsieur Kappus, et je me concentre si bien en formant des vœux à votre adresse que cela ne devrait pas manquer de vous aider en quelque manière. Mes lettres peuvent-elles être une aide ? Il m'arrive souvent d'en douter. Ne dites pas : oui, c'en est une. Accueillez-les tranquillement, sans trop de gratitude, et attendons ce qui voudra bien venir.

Il n'est peut-être pas utile que je m'étende sur chacun de vos propos ; car ce que je pourrais dire sur votre penchant au doute ou sur l'incapacité où vous êtes de mettre en harmonie votre vie intérieure et votre vie extérieure, ou sur tout ce qui vous oppresse encore — n'est rien d'autre que ce que je vous ai déjà dit : toujours le même souhait que vous trouviez en vous-même assez de patience pour supporter et assez de candeur pour avoir la foi ; que vous puissiez acquérir toujours plus de confiance envers ce qui est difficile et envers votre solitude au milieu des autres. Et pour le reste, laissez la vie vous arriver. Croyez-moi : la vie a raison, dans tous les cas.

Et à propos des sentiments : sont purs tous les sentiments qui vous rassemblent et vous élèvent ; est impur le sentiment qui n'implique qu'*une* face de votre être et par là vous déforme. Tout ce que vous pouvez penser à l'égard de votre enfance est bon. Tout ce qui fait de vous *plus* que vous n'étiez dans vos meilleures heures est juste. Toute exaltation est bonne si elle est dans la *totalité* de votre sang, si elle n'est ni ivresse ni eau trouble, mais joie claire dont on voit le fond. Comprenez-vous ce que je veux dire?

Et votre doute peut devenir une qualité si vous l'*éduquez*. Il doit acquérir un *savoir*, il doit se transformer en critique. Demandez-lui, chaque fois qu'il veut vous gâcher quelque chose, pourquoi cette chose est laide, exigez de lui des preuves, mettez-le à l'épreuve lui-même et vous le trouverez peut-être désemparé, dans l'embarras, mais peut-être aussi révolté. Mais ne cédez pas, exigez des arguments et agissez ainsi chaque fois, avec vigilance et logique: le jour viendra où, de destructeur qu'il était, il deviendra l'un de vos meilleurs ouvriers — peut-être le plus intelligent de tous ceux qui construisent votre vie.

C'est là, cher monsieur Kappus, tout ce que je suis en mesure de vous dire aujourd'hui. Mais je vous envoie en même temps le tiré à part d'un petit texte qui vient de paraître dans la *Deutsche Arbeit* de Prague. Là, je continue à vous parler de la vie et de la mort, et de ceci que l'une et l'autre sont grandes et magnifiques.

Votre
Rainer Maria Rilke.

Paris, le deuxième jour de Noël 1908

Il faut que vous sachiez, cher monsieur Kappus, combien j'ai été content de recevoir cette belle lettre de vous. Les nouvelles que vous me donnez, redevenues réelles et exprimables, me semblent bonnes, et plus je réfléchissais à cela, plus je les trouvais bonnes en effet. C'est pour le soir de Noël, à vrai dire, que je voulais vous écrire cela ; mais le travail au milieu duquel, cet hiver, je vis à de multiples titres et sans interruption, est cause que cette fête ancestrale est si vite arrivée qu'il ne m'est guère resté de temps pour m'acquitter des préparatifs nécessaires, et beaucoup moins encore pour écrire.

Mais j'ai souvent pensé à vous en ces jours de fête, et j'ai imaginé le calme où vous devez être plongé dans votre forteresse solitaire au milieu des montagnes désertes sur lesquelles se jettent ces grands vents du sud comme pour les engloutir à grandes bouchées.

Il faut qu'il soit immense, le calme où trouvent place pareils bruits et pareils mouvements, et lorsqu'on songe qu'à tout cela s'ajoutent encore, se mêlent encore la présence et le grondement de la mer lointaine — le son le plus intérieur, peut-être, dans cette harmonie préhistorique —, on ne peut que vous souhaiter de laisser avec confiance, patiemment, travailler en vous cette grandiose solitude qui ne se laissera jamais effacer de votre vie ; qui œuvrera de manière décisive, continûment et en silence, dans tout ce que vous avez encore à vivre et à faire, un peu comme le sang des ancêtres se meut sans cesse en nous et se mêle à notre propre sang pour composer l'être unique, non reproductible que nous sommes à tous les méandres de notre vie.

Oui: je me réjouis de savoir que vous êtes accompagné par cette existence solide, traduisible en mots, cet uniforme, ce service, toutes ces choses saisissables et délimitées qui, dans un tel environnement, avec une garnison peu nombreuse et tout aussi isolée, acquièrent un sérieux et une nécessité, prennent, au-delà de ce que le métier des armes a d'un jeu et d'un passe-temps, la signification d'une application de la vigilance et non seulement autorisent, mais précisément éduquent l'autonomie de l'attention. Que nous soyons dans des conditions qui travaillent à nous construire, qui nous placent d'une fois à l'autre devant de grandes choses de la nature, c'est là tout le nécessaire.

L'art, lui aussi, n'est qu'une manière de vivre, et l'on peut pour ainsi dire, en vivant, sans le savoir, se préparer à lui; dans toute activité réelle, on est plus proche, plus voisin de lui qu'en exerçant ces irréelles professions semi-artistiques qui, au moment même où elles donnent l'illusion d'être proches de l'art, nient en pratique tout art et lui portent atteinte, comme le font par exemple tout ce qui est journalisme, presque toute la critique, les trois quarts de ce qui porte le nom ou prétend porter le nom de littérature. Je me réjouis, en un mot, de savoir que vous avez échappé au péril de tomber dans ce piège, et que vous êtes solitaire et courageux au milieu d'une rude réalité. Puisse l'année qui vient vous y maintenir et vous y conforter.

Toujours votre
Rainer Maria Rilke.

Arthur Rimbaud

Lettres du voyant

Lettre à Georges Izambard

Charleville, [13] mai 1871.

Cher Monsieur !

Vous revoilà professeur. On se doit à la Société, m'avez-vous dit ; vous faites partie des corps enseignants : vous roulez dans la bonne ornière. — Moi aussi, je suis le principe : je me fais cyniquement *entretenir* ; je déterre d'anciens imbéciles de collège : tout ce que je puis inventer de bête, de sale, de mauvais, en action et en paroles, je le leur livre : on me paie en bocks et en filles — *Stat mater dolorosa, dum pendet filius*, — Je me dois à la Société, c'est juste, — et j'ai raison. — Vous aussi, vous avez raison, pour aujourd'hui. Au fond, vous ne voyez en votre principe que poésie subjective : votre obstination à regagner le râtelier universitaire, — pardon ! — le prouve ! Mais vous finirez toujours comme un satisfait qui n'a rien fait, n'ayant rien voulu faire. Sans compter que votre poésie subjective sera toujours horriblement fadasse. Un jour, j'espère, — bien d'autres espèrent la même chose, — je verrai dans votre principe la poésie objective, je la verrai plus sincèrement que vous ne le feriez ! — Je serai un Travailleur : c'est l'idée qui me retient, quand les colères folles me poussent vers la bataille de Paris, — où tant de travailleurs meurent pourtant encore tandis que je vous écris ! Travailler maintenant, jamais, jamais ; je suis en grève.

Maintenant je m'encrapule le plus possible. Pourquoi ? Je veux être poète, et je travaille à me rendre *voyant* : vous ne comprendrez pas du tout, et je ne saurais presque vous expliquer. Il s'agit d'arriver à l'inconnu par le dérèglement de *tous les sens*. Les souffrances sont énormes, mais il faut être fort, être né poète, et je me suis reconnu poète. Ce n'est pas du tout ma faute. C'est faux de dire : Je pense : on devrait dire : On me pense. — Pardon du jeu de mots. –

Je est un autre. Tant pis pour le bois qui se trouve violon, et Nargue aux inconscients, qui ergotent sur ce qu'ils ignorent tout à fait !

Vous n'êtes pas Enseignant pour moi. Je vous donne ceci : est-ce de la satire, comme vous diriez ? Est-ce de la poésie ? C'est de la fantaisie, toujours. — Mais, je vous en supplie, ne soulignez ni du crayon, ni trop de la pensée :

Le Cœur supplicié

Mon triste cœur bave à la poupe…
Mon cœur est plein de caporal !
Ils y lancent des jets de soupe,
Mon triste cœur bave à la poupe…
Sous les quolibets de la troupe
Qui lance un rire général,
Mon triste cœur bave à la poupe,
Mon cœur est plein de caporal !

Ithyphalliques et pioupiesques
Leurs insultes l'ont dépravé :
À la vesprée, ils font des fresques
Ithyphalliques et pioupiesques :
Ô flots abracadabrantesques,
Prenez mon cœur, qu'il soit sauvé !
Ithyphalliques et pioupiesques
Leurs insultes l'ont dépravé !

Quand ils auront tari leurs chiques,
Comment agir, ô cœur volé ?
Ce seront des refrains bachiques
Quand ils auront tari leurs chiques !
J'aurai des sursauts stomachiques,

Si mon cœur triste est ravalé !
Quand ils auront tari leurs chiques
Comment agir, ô cœur volé ?

Ça ne veut pas rien dire. — *Répondez-moi* : chez Mr Deverrière,
pour A. R.
Bonjour de cœur,

Art. Rimbaud

Lettre à Paul Demeny

Charleville, 15 mai 1871.

J'ai résolu de vous donner une heure de littérature nouvelle ; je commence de suite par un psaume d'actualité :

Chant de guerre parisien

Le Printemps est évident, car
Du cœur des Propriétés vertes,
Le vol de Thiers et de Picard
Tient ses splendeurs grandes ouvertes !

Ô Mai ! quels délirants cul-nus !
Sèvres, Meudon, Bagneux, Asnières,
Écoutez donc les bienvenus
Semer les choses printanières !

Ils ont schako, sabre et tam-tam
Non la vieille boîte à bougies
Et des yoles qui n'ont jam, jam…
Fendent le lac aux eaux rougies !

Plus que jamais nous bambochons
Quand arrivent sur nos tanières
Crouler les jaunes cabochons
Dans des aubes particulières !

Thiers et Picard sont des Éros,
Des enleveurs d'héliotropes,
Au pétrole ils font des Corots :
Voici hannetonner leurs tropes…

Ils sont familiers du Grand Truc !…
Et couché dans les glaïeuls, Favre
Fait son cillement aqueduc,
Et ses reniflements à poivre !

La Grand ville a le pavé chaud,
Malgré vos douches de pétrole,
Et décidément, il nous faut
Vous secouer dans votre rôle…

Et les Ruraux qui se prélassent
Dans de longs accroupissements,
Entendront des rameaux qui cassent
Parmi les rouges froissements !

                                          A. Rimbaud.

— Voici de la prose sur l'avenir de la poésie — Toute poésie antique aboutit à la poésie grecque ; Vie harmonieuse. — De la Grèce au mouvement romantique, — moyen âge, — il y a des lettrés, des versificateurs. D'Ennius à Théroldus, de Théroldus à Casimir Delavigne, tout est prose rimée, un jeu, avachissement et gloire d'innombrables générations idiotes : Racine est le pur, le fort, le grand. — On eût soufflé sur ses rimes, brouillé ses hémistiches, que le Divin Sot serait aujourd'hui aussi ignoré que le premier venu auteur d'Origines. — Après Racine, le jeu moisit. Il a duré deux mille ans !

Ni plaisanterie, ni paradoxe. La raison m'inspire plus de certitudes sur le sujet que n'aurait jamais eu de colères un jeune-France. Du reste, libre aux *nouveaux !* d'exécrer les ancêtres : on est chez soi et l'on a le temps.

On n'a jamais bien jugé le romantisme; qui l'aurait jugé? Les critiques!! Les romantiques, qui prouvent si bien que la chanson est si peu souvent l'œuvre, c'est-à-dire la pensée chantée *et comprise* du chanteur?

Car Je est un autre. Si le cuivre s'éveille clairon, il n'y a rien de sa faute. Cela m'est évident: j'assiste à l'éclosion de ma pensée: je la regarde, je l'écoute: je lance un coup d'archet: la symphonie fait son remuement dans les profondeurs, ou vient d'un bond sur la scène.

Si les vieux imbéciles n'avaient pas trouvé du moi que la signification fausse, nous n'aurions pas à balayer ces millions de squelettes qui, depuis un temps infini,! ont accumulé les produits de leur intelligence borgnesse, en s'en clamant les auteurs!

En Grèce, ai-je dit, vers et lyres *rhythment l'Action*. Après, musique et rimes sont jeux, délassements. L'étude de ce passé charme les curieux: plusieurs s'éjouissent à renouveler ces antiquités: — c'est pour eux. L'intelligence universelle a toujours jeté ses idées, naturellement; les hommes ramassaient une partie de ces fruits du cerveau: on agissait par, on en écrivait des livres: telle allait la marche, l'homme ne se travaillant pas, n'étant pas encore éveillé, ou pas encore dans la plénitude du grand songe. Des fonctionnaires, des écrivains: auteur, créateur, poète, cet homme n'a jamais existé!

La première étude de l'homme qui veut être poète est sa propre connaissance, entière; il cherche son âme, il l'inspecte, il la tente, l'apprend. Dès qu'il la sait, il doit la cultiver; cela semble simple: en tout cerveau s'accomplit un développement naturel; tant d'*égoïstes* se proclament auteurs; il en est bien d'autres qui s'attribuent leur progrès intellectuel! — Mais il s'agit de faire l'âme monstrueuse: à l'instar des comprachicos, quoi! Imaginez un homme s'implantant et se cultivant des verrues sur le visage.

Je dis qu'il faut être *voyant*, se faire *voyant*.

Le Poète se fait *voyant* par un long, immense et raisonné *dérèglement* de *tous les sens*. Toutes les formes d'amour, de souffrance, de folie; il cherche lui-même, il épuise en lui tous les poisons, pour n'en garder que les quintessences. Ineffable torture où il a besoin de toute la foi, de toute la force surhumaine, où il devient entre tous le grand malade, le grand criminel, le grand maudit, — et le suprême Savant! — Car il arrive à l'*inconnu*! Puisqu'il a cultivé son âme, déjà riche, plus qu'aucun! Il arrive à l'*inconnu*, et quand, affolé, il finirait par perdre l'intelligence de ses visions, il les a vues! Qu'il crève dans son bondissement par les choses inouïes et innommables: viendront d'autres horribles travailleurs; ils commenceront par les horizons où l'autre s'est affaissé!

— La suite à six minutes –

Ici j'intercale un second psaume, *hors du texte*: veuillez tendre une oreille complaisante, — et tout le monde sera charmé. — J'ai l'archet en main, je commence:

Mes Petites Amoureuses

Un hydrolat lacrymal lave
    Les cieux vert-chou:
Sous l'arbre tendronnier qui bave,
    Vos caoutchoucs

Blancs de lunes particulières
    Aux pialats ronds,
Entrechoquez vos genouillères
    Mes laiderons!

Nous nous aimions à cette époque,
    Bleu laideron!
On mangeait des œufs à la coque
    Et du mouron!

Un soir, tu me sacras poète,
    Blond laideron:

Descends ici, que je te fouette
        En mon giron ;

J'ai dégueulé ta bandoline,
        Noir laideron ;
Tu couperais ma mandoline
        Au fil du front.

Pouah ! mes salives desséchées,
        Roux laideron
Infectent encor les tranchées
        De ton sein rond !

Ô mes petites amoureuses,
        Que je vous hais !
Plaquez de fouffes douloureuses
        Vos tétons laids !

Piétinez mes vieilles terrines
        De sentiment ;
— Hop donc ! Soyez-moi ballerines
        Pour un moment !…

Vos omoplates se déboîtent,
        Ô mes amours !
Une étoile à vos reins qui boitent,
        Tournez vos tours !

Et c'est pourtant pour ces éclanches
        Que j'ai rimé !
Je voudrais vous casser les hanches
        D'avoir aimé !

Fade amas d'étoiles ratées,
        Comblez les coins

— Vous crèverez en Dieu, bâtées
    D'ignobles soins !

Sous les lunes particulières
    Aux pialats ronds,
Entrechoquez vos genouillères
    Mes laiderons !

                                        A. R.

Voilà. Et remarquez bien que, si je ne craignais de vous faire débourser plus de 60 c. de port, — moi pauvre effaré qui, depuis sept mois, n'ai pas tenu un seul rond de bronze ! — je vous livrerais encore mes *Amants de Paris*, cent hexamètres, Monsieur, et ma *Mort de Paris*, deux cents hexamètres ! –

Je reprends :

Donc le poète est vraiment voleur de feu.

Il est chargé de l'humanité, des *animaux* même ; il devra faire sentir, palper, écouter ses inventions ; si ce qu'il rapporte *de là-bas* a forme, il donne forme ; si c'est informe, il donne de l'informe. Trouver une langue ;

— Du reste, toute parole étant idée, le temps d'un langage universel viendra ! Il faut être académicien, — plus mort qu'un fossile, — pour parfaire un dictionnaire, de quelque langue que ce soit. Des faibles se mettraient *à penser* sur la première lettre de l'alphabet, qui pourraient vite ruer dans la folie ! –

Cette langue sera de l'âme pour l'âme, résumant tout, parfums, sons, couleurs, de la pensée accrochant la pensée et tirant. Le poète définirait la quantité d'inconnu s'éveillant en son temps dans l'âme universelle : il donnerait plus — que la formule de sa pensée, que la notation *de sa marche au* Progrès. Énormité devenant norme, absorbée par tous, il serait vraiment *un multiplicateur de progrès* !

Cet avenir sera matérialiste, vous le voyez. — Toujours pleins du *Nombre* et de l'*Harmonie*, ces poèmes seront faits pour rester. — Au fond, ce serait encore un peu la Poésie grecque.

L'art éternel aurait ses fonctions ; comme les poètes sont citoyens. La Poésie ne rhythmera plus l'action ; elle *sera en avant*.

Ces poètes seront ! Quand sera brisé l'infini servage de la femme, quand elle vivra pour elle et par elle, l'homme, — jusqu'ici abominable, — lui ayant donné son renvoi, elle sera poète, elle aussi ! La femme trouvera de l'inconnu ! Ses mondes d'idées différeront-ils des nôtres ? — Elle trouvera des choses étranges, insondables, repoussantes, délicieuses ; nous les prendrons, nous les comprendrons.

En attendant, demandons aux *poètes* du *nouveau*, — idées et formes. Tous les habiles croiraient bientôt avoir satisfait à cette demande. — Ce n'est pas cela !

Les premiers romantiques ont été *voyants* sans trop bien s'en rendre compte ; la culture de leurs âmes s'est commencée aux accidents : locomotives abandonnées, mais brûlantes, que prennent quelque temps les rails. — Lamartine est quelquefois voyant, mais étranglé par la forme vieille. — Hugo, *trop cabochard*, a bien du *vu* dans les derniers volumes ; *Les Misérables* sont un vrai poème. J'ai *Les Châtiments* sous la main ; *Stella* donne à peu près la mesure de la *vue* de Hugo. Trop de Belmontet et de Lamennais, de Jéhovahs et de colonnes, vieilles énormités crevées.

Musset est quatorze fois exécrable pour nous, générations douloureuses et prises de visions, — que sa paresse d'ange a insultées ! Ô ! les contes et les proverbes fadasses ! ô les nuits ! ô Rolla, ô Namouna, ô la Coupe ! Tout est français, c'est-à-dire haïssable au suprême degré ; français, pas parisien ! Encore une œuvre de cet odieux génie qui a inspiré Rabelais, Voltaire, Jean lafontaine, commenté par M. Taine ! Printanier, l'esprit de Musset ! Charmant, son amour ! En voilà, de la peinture à l'émail, de la poésie solide ! On savourera longtemps la poésie *française*, mais en France. Tout garçon épicier est en mesure de débobiner une apostrophe Rollaque, tout séminariste en porte les cinq cents rimes dans le secret d'un carnet. À quinze ans, ces élans de passion mettent les jeunes en rut ; à seize ans, ils se contentent déjà de les réciter avec *cœur* ; à dix-huit ans, à dix-sept même, tout collégien qui a le moyen, fait le Rolla, écrit un Rolla ! Quelques-uns en meurent peut-être encore. Musset n'a rien su faire : il y avait des visions derrière la gaze des rideaux : il a fermé les yeux. Français, panadif, traîné de l'estaminet au pupitre de collège, le beau mort est mort, et, désormais, ne nous donnons même plus la peine de le réveiller par nos abominations !

Les seconds romantiques sont très *voyants* : Th. Gautier, Lec [onte] de Lisle, Th. de Banville. Mais inspecter l'invisible et entendre l'inouï étant autre chose que reprendre l'esprit des choses mortes, Baudelaire est le premier voyant, roi des poètes, *un vrai Dieu*. Encore a-t-il vécu dans un milieu trop artiste ; et la forme si vantée en lui est mesquine : les inventions d'inconnu réclament des formes nouvelles.

Rompue aux formes vieilles, parmi les innocents, A. Renaud, — a fait son rolla ; — L. Grandet, — a fait son Rolla ; — les gaulois et les Musset, G. Lafenestre, Coran, Cl. Popelin, Soulary, L. Salles ; Les écoliers, Marc, Aicard, Theuriet ; les morts et les imbéciles, Autran, Barbier, L. Pichat, Lemoyne, les Deschamps, les Desessarts ; les journalistes, L. Cladel, Robert Luzarches, X. de Ricard ; les fantaisistes, C. Mendès ; les bohêmes ; les femmes ; les talents, Léon Dierx et Sully Prudhomme, Coppée ; — la nouvelle école, dite parnassienne, a deux voyants, Albert Mérat et Paul Verlaine, un vrai poète. — Voilà. — Ainsi je travaille à me rendre *voyant*. — Et finissons par un chant pieux.

— Accroupissements –

Bien tard, quand il se sent l'estomac écœuré,
Le frère Milotus, un œil à la lucarne
D'où le soleil, clair comme un chaudron récuré,
Lui darde une migraine et fait son regard darne,
Déplace dans les draps son ventre de curé.

Il se démène sous sa couverture grise
Et descend, ses genoux à son ventre tremblant,
Effaré comme un vieux qui mangerait sa prise,

Car il lui faut, le poing à l'anse d'un pot blanc,
À ses reins largement retrousser sa chemise !

Or, il s'est accroupi, frileux, les doigts de pied
Repliés, grelottant au clair soleil qui plaque
Des jaunes de brioche aux vitres de papier ;
Et le nez du bonhomme où s'allume la laque
Renifle aux rayons, tel qu'un charnel polypier.
....
Le bonhomme mijote au feu, bras tordus, lippe
Au ventre : il sent glisser ses cuisses dans le feu,
Et ses chausses roussir, et s'éteindre sa pipe ;
Quelque chose comme un oiseau remue un peu
À son ventre serein comme un monceau de tripe !

Autour, dort un fouillis de meubles abrutis
Dans des haillons de crasse et sur de sales ventres ;
Des escabeaux, crapauds étranges, sont blottis
Aux coins noirs : des buffets ont des gueules de chantres
Qu'entrouvre un sommeil plein d'horribles appétits.

L'écœurante chaleur gorge la chambre étroite ;
Le cerveau du bonhomme est bourré de chiffons.
Il écoute les poils pousser dans sa peau moite,
Et, parfois, en hoquets fort gravement bouffons
S'échappe, secouant son escabeau qui boite...
....
Et le soir, aux rayons de lune, qui lui font
Aux contours du cul des bavures de lumière,
Une ombre avec détails s'accroupit, sur un fond
De neige rose ainsi qu'une rose trémière...
Fantasque, un nez poursuit Vénus au ciel profond.

   Vous seriez exécrable de ne pas répondre : vite, car dans huit
jours, je serai à Paris, peut-être.
   Au revoir.

                              A. Rimbaud.

Alfred de Musset

Impromptu

(En réponse à la question :
Qu'est-ce que la Poésie ?)

Chasser tout souvenir et fixer sa pensée,
Sur un bel axe d'or la tenir balancée,
Incertaine, inquiète, immobile pourtant,
Peut-être éterniser le rêve d'un instant ;
Aimer le vrai, le beau, chercher leur harmonie ;
Écouter dans son cœur l'écho de son génie ;
Chanter, rire, pleurer, seul, sans but, au hasard ;
D'un sourire, d'un mot, d'un soupir, d'un regard
Faire un travail exquis, plein de crainte et de charme
Faire une perle d'une larme :
Du poète ici-bas voilà la passion,
Voilà son bien, sa vie et son ambition.

Paul Verlaine

Art poétique

De la musique avant toute chose,
Et pour cela préfère l'Impair
Plus vague et plus soluble dans l'air,
Sans rien en lui qui pèse ou qui pose.

Il faut aussi que tu n'ailles point
Choisir tes mots sans quelque méprise :
Rien de plus cher que la chanson grise
Où l'Indécis au Précis se joint.

C'est des beaux yeux derrière des voiles,
C'est le grand jour tremblant de midi,
C'est, par un ciel d'automne attiédi,
Le bleu fouillis des claires étoiles !

Car nous voulons la Nuance encor,
Pas la Couleur, rien que la nuance !
Oh ! la nuance seule fiance
Le rêve au rêve et la flûte au cor !

Fuis du plus loin la Pointe assassine,
L'Esprit cruel et le Rire impur,
Qui font pleurer les yeux de l'Azur,
Et tout cet ail de basse cuisine !

Prends l'éloquence et tords-lui son cou !
Tu feras bien, en train d'énergie,
De rendre un peu la Rime assagie.
Si l'on n'y veille, elle ira jusqu'où ?

Ô qui dira les torts de la Rime ?
Quel enfant sourd ou quel nègre fou
Nous a forgé ce bijou d'un sou
Qui sonne creux et faux sous la lime ?

De la musique encore et toujours !
Que ton vers soit la chose envolée
Qu'on sent qui fuit d'une âme en allée
Vers d'autres cieux à d'autres amours.

Que ton vers soit la bonne aventure
Éparse au vent crispé du matin
Qui va fleurant la menthe et le thym...
Et tout le reste est littérature.

Table

Achevé d'imprimer en Italie par Grafica Veneta
en novembre 2015
Dépôt légal février 2014
EAN 9782290078419
OTP L21ELLN000569B002

—

Ce texte est composé en Lemonde journal et en Akkurat

—

Conception des principes de mise en page :
mecano, Laurent Batard

—

Composition : PCA

—

ÉDITIONS J'AI LU
87, quai Panhard-et-Levassor, 75013 Paris
Diffusion France et étranger : Flammarion

Librio

1113